Le Jeune armurier de Lyon

DANS LA MÊME COLLECTION

The Black Dracula, de G. RAJEOT, illustré par O. DIF

Un trésor sous la mer, de R. MOREL, illustré par C. THOUÉ

Jérémie.com, de S. ALLOUCHE, illustré par M. LAISNE

La Patte de l'Ours, de M. COSEM, illustré par D. BODET

Le Monde d'en haut, de X.-L. PETIT, illustré par M. TRUONG

2, rue Chappe – 78130 Les Mureaux
Tél. : 01 34 92 78 78 – Fax : 01 34 92 82 50
Site internet : www.editions-sed.fr

Cycle 3 – ISBN : 2-86893-910-4
Réf. : 14805

Le Jeune armurier de Lyon

Aude Hubert-Richou

Jérôme Brasseur

éditions sed

Chapitre premier

Comment suis-je devenu chevalier ? Parmi toutes les aventures qu'il m'arrive de narrer* aux visiteurs de passage, c'est certainement la plus intéressante. Elle remonte au début du règne de notre roi… Mais installez-vous confortablement et essayez d'imaginer.

À cette époque-là, François 1er avait vingt-et-un ans. C'était un fringant* jeune homme, fort beau, élégant et débordant de

* Les mots suivis d'un astérisque sont définis dans le lexique, p. 101.

vitalité. Il était couronné depuis quelques mois seulement et rêvait à la conquête du duché de Milan. Nous étions en juin 1515.

Pour ma part, la seule chose qui me préoccupait alors était l'approche de mon anniversaire. Je me revois encore, tournant en rond dans la maison de mes parents, en attendant la fête qui aurait lieu le soir. J'allais avoir onze ans, et pour un petit Lyonnais, fils d'artisan, cela avait beaucoup d'importance.

Ce jour-là, ma mère et ma sœur m'avaient interdit l'entrée de la cuisine afin que je ne sache pas quelles délices elles préparaient pour moi. J'étais très curieux, et ces moments d'attente furent insupportables. Les abords de l'atelier de mon père m'étaient également inaccessibles. J'avais pris l'habitude de passer quelques heures dans cette pièce encombrée d'enclumes, d'outils, de métaux variés. Je m'asseyais près de la forge pour avoir chaud, et regardais travailler les armuriers, écoutant le bruit des marteaux qui aplatissaient le métal. Mais le jour de mon anniversaire, je savais que mon père et Jean, mon frère aîné, voudraient être seuls pour discuter. Ils devaient parler de mon avenir, car dans ma famille, les garçons devenaient apprentis à onze ans. Je devais l'être moi aussi dès le lendemain matin mais ne savais pas encore quel métier serait le mien. Serais-je armu-rier comme Jean ? Cela me paraissait peu probable car il n'y avait pas assez de travail pour moi à l'atelier. Serais-je orfèvre, comme mon second frère Enguerrand ? Le mystère restait entier, et je ne saurais pas avant le soir, au cours du grand repas fami-lial, quelle sage décision avait pris mon père.

J'étais fébrile*. Aussi décidai-je de me promener un peu dans les rues de Lyon, pour passer le temps. Il faisait beau et beaucoup de monde s'activait alentour. Je croisai plusieurs lingères avec leur panier sous

le bras, des hommes poussant des brouettes pleines de lingots métalliques, de bois ou de tissus. Des apprentis livraient des bijoux, des coffrets marquetés* ou des habits neufs à leurs nobles acheteurs. Je marchais lentement en prenant soin de ne bousculer personne et en évitant de patauger dans le ruisseau qui coulait au milieu de la rue. Je quittai le quartier des artisans, longeai quelques rues plus calmes avant d'arriver en vue du fleuve.

Les bords de la Saône grouillaient de monde. Des cris s'élevaient au-dessus des attroupements. Quelques cavaliers essayaient de se frayer un passage dans la foule. Cette agitation me parut anormale. Poussé par la curiosité, je m'approchai. Ma petite taille me permit de me faufiler entre les badauds. Les gens étaient souriants, surexcités, mais je n'arrivais pas à trouver pourquoi. Je résolus donc d'interroger une femme qui se trouvait à côté de moi, toute rouge et hurlant « Vive le roi ! » depuis plusieurs minutes.

« D'où qu'tu sors, toi ?! me répondit-elle, v'là une heure qu'y z'ont annoncé qu' not' roi allait v'nir ici. Il est déjà en route. Il passe par Lyon pour aller en Italie. Dans vingt jours y s'ra là. On va préparer une fête pour not' roi. »

Elle ne m'en dit pas plus mais cela suffisait pour que je me rende compte de l'importance de l'événement. Le roi ne quittait que rarement ses résidences de Paris et de Blois. Mais désormais, il partait en guerre. Il allait traverser tout le pays et s'arrêter à Lyon. J'allais peut-être voir François 1er !

Je sortis de la foule, assez difficilement, et me précipitai afin d'annoncer la nouvelle à ma famille. Quand j'entrai dans l'atelier, à bout de souffle, je vis mon père et mes deux frères discutant autour d'une enclume. Ils ne travaillaient plus. Jean et mon père avaient posé leurs marteaux et l'armure qu'ils avaient achevée ce jour-là trônait sur la grande table. Enguerrand les avait rejoints en sortant de chez l'orfèvre Benoît Rozier, où il travaillait depuis cinq ans. Tous trois étaient graves ; ils paraissaient embarrassés, soucieux. Mon entrée en trombe les surprit.

« Quelle tornade t'amène, Francis ? » me demanda mon père.

Sans prendre le temps de respirer, j'annonçai la nouvelle apprise sur les quais.

« Il me semblait bien que j'avais entendu du bruit dans les rues, commenta Enguerrand, et tu dis que les Lyonnais doivent fêter l'entrée du roi dans la ville d'ici vingt jours ? Nous n'allons pas chômer, j'ai entendu dire que ce genre de fête est somptueux.

– Lors du passage de Louis XII, ajouta le père, on avait construit des monuments à la gloire du monarque à l'entrée de la ville et sur tout le trajet qu'il devait emprunter. Ils étaient décorés de figures peintes et sculptées représentant les vertus* ou symbolisant la victoire des armées.

– En tout cas, commenta Jean, qui avait retrouvé le sourire et relevé ses manches, cela résout notre problème pour un temps. »

Les deux autres approuvèrent d'un signe de tête. Moi seul ne compris pas vraiment ce qu'ils avaient voulu dire.

« Bien, je crois, conclut mon père, qu'il est temps de nous faire beau pour notre prince de ce soir. De délicieuses odeurs m'appellent aux environs des cuisines. »

Si, dans ma famille, il était de bon ton d'être des artisans minutieux aimant le travail bien fait, la gastronomie* était une affaire tout aussi importante. Nos cuisinières ne tolérèrent pas la moindre intrusion* sur leur lieu de création et je dois dire qu'elles réalisèrent des chefs-d'œuvre ce soir-là. Nous nous étions tous soigneusement apprêtés. Les pourpoints avaient été brossés, les souliers cirés sortis des placards. Nous sentions la lavande qui imprégnait nos chemises immaculées*. Les bijoux, réalisés par Enguerrand, paraient admirablement Blanche, ma mère, et Clotilde, ma sœur, qui arboraient* des robes neuves.

Ce festin princier et joyeux me fit presque oublier son enjeu. Ce n'est qu'après le dernier plat que je songeai aux choses sérieuses qui m'attendaient. Mon père se leva doucement. Le silence s'établit immédiatement, car mes frères et ma sœur étaient aussi impatients que moi de l'écouter. Il commença par une annonce traditionnelle qu'il avait déjà prononcée pour mes frères : « Comme il se doit, Francis, dont nous venons de fêter les onze ans, va devenir apprenti et perpétuer* le savoir-faire des artisans du métal. Il m'appartient, en tant que père de famille, de faire le choix d'une carrière pour mon fils, prenant en considération ses intérêts et ses talents. Ce choix sera, je l'espère, approuvé par vous tous. » Puis vint le moment tant attendu : « Étant donné les circonstances et l'effervescence* particulières qui animent la ville depuis peu, l'entrée de Francis comme apprenti dans un atelier risque de s'avérer

difficile. Personne ne peut former un jeune homme et dans le même temps s'activer à fabriquer les ornements nécessaires à la décoration de la cité. Ainsi ai-je pensé retarder d'une vingtaine de jours cet événement. Je propose donc que nous travaillions ensemble à préparer la fête destinée au roi et que nous y assistions. Viendra ensuite le moment où nous pourrons envisager plus sereinement l'avenir de Francis. » Jean ajouta : « Vive le roi ! Joyeux anniversaire à Francis ! », ce qui fut repris en chœur par la famille, réunie autour de la table.

Cette nouvelle était encore plus prodigieuse que toutes les possibilités que j'avais pu imaginer. D'ordinaire, mon père appréciait peu les festivités et n'y participait que de loin. Pour cette fois, il venait de promettre que nous participerions tous à cet événement, et je savais qu'il ne ferait pas les choses à moitié. C'était un magnifique cadeau d'anniversaire. J'allais voir ce roi que l'on disait fort comme Hercule et beau comme Apollon. Toute la ville défilerait en procession, et moi au milieu, dans la joie générale.

Chapitre deux

Le lendemain matin, je m'éveillai assez tard, car la fête avait duré plus longtemps que prévu. Je descendis dans la salle commune, encore mal remis de mes émotions de la veille. Tout le monde s'activait déjà dans la maison. Je pris un déjeuner léger. Avec les monceaux de victuailles* que nous avions engloutis la veille, je ne risquais pas d'avoir l'estomac vide ! Puis je me passai un peu d'eau sur le visage et rejoignis les autres à l'atelier.

Dès mon entrée, Jean, penché au-dessus de la forge, me lança : « Viens activer le soufflet, il faut maintenir la chaleur pour que le fer ramollisse. » Je m'exécutai, enfilai un tablier et donnai de l'air au feu en tirant sur la chaîne reliée au grand soufflet. Déjà, la chaleur était étouffante. Autour de moi résonnait le bruit du marteau que mon père maniait avec dextérité*. Tous deux étaient au travail depuis l'aube.

Le matin même, les corporations de la ville s'étaient réunies afin de répartir les tâches entre les artisans. Le programme des festivités en l'honneur du roi avait été établi et une liste du matériel nécessaire dressée. Les drapiers fourniraient les banderoles ornées de blasons, les charpentiers devaient construire les estrades et les décors de théâtre que les peintres décoreraient. Pâtissiers, confiseurs, poissonniers et bou-chers étaient également mis à contribution pour le banquet.

De la même manière, mon père s'était proposé pour exécuter trois paires de lustres en fer forgé. Ceux-ci devaient orner les salles de réception où auraient lieu les cérémonies, repas et spectacles. Sans perdre de temps, Jean et mon père s'étaient mis au travail.

Une fois que le métal fut assoupli par la chaleur, mon frère le plaça sur l'enclume, à l'aide de ses tenailles. Puis, posément, il le frappa avec son lourd marteau pour lui faire adopter la forme souhaitée. De temps à autre, il remettait le métal au feu et recommençait avec le même rythme

à abattre son outil. Peu à peu, le fer s'étendit, se courba, jusqu'à devenir un lustre circulaire à huit branches. Aux extrémités, de jolis enroulements supportaient les bobèches* sur lesquelles on placerait les chandelles. Sans doute les orfèvres seraient chargés d'ajouter quelques décors à ces lustres avant de les hisser au plafond des salles.

Mais en attendant, nous ne nous accordions que peu de repos. Je passai près de vingt jours à aider autour de la forge et à rendre de menus services à ma sœur, qui cousait nos habits pour le défilé. De son côté, Enguerrand, qui était aussi habile et précis que sa jumelle, revenait fourbu tous les soirs de l'atelier Rozier. Il y participait à la création d'un coffret en or, argent et pierres précieuses, qui serait offert à Marguerite, la sœur du roi. Il était chargé de tailler et de sertir les diamants et les rubis formant les fleurs du couvercle, lesquelles illustraient le nom de la dame.

Le jour de la fête arriva vite. Tout était prêt. Le roi campait à quelques lieues de la ville et se mettrait bientôt en route. Les notables* de la ville se réunirent peu à peu ; au total, plusieurs milliers de personnes attendaient à la porte de Pierre-Scize, au nord de la cité. Ma famille au grand complet s'était jointe à la foule bruyante.

Quand le roi fut annoncé, le silence s'établit et le cortège se mit en ordre. En tête, se trouvaient les chanoines de l'église Saint-Jean où aboutirait le défilé. Venaient ensuite les gardes de la ville, armés d'arquebuses et de hallebardes, puis les artisans, parmi lesquels je marchais, entouré par Enguerrand et Clotilde. Enfin, les gens de justice, les notables et le gouverneur ouvraient la marche au roi et à sa cour. Le chatoiement* des costumes répondait à la richesse des décors qui bordaient la route.

Le long des quais avaient été dressés des monuments où étaient peints des blasons, les armes de la ville, celles du roi et la grande image de la Victoire, revêtue d'or. Les places étaient envahies d'estrades réservées aux jongleurs, cracheurs de feu et acrobates. D'autres endroits, comme la rue Saint-Jean, étaient tendus de tissus aux couleurs de la ville. Toute cette animation était fascinante. Les balcons étaient occupés par les dames de la ville dans leurs plus belles toilettes, qui tendaient le cou pour apercevoir le monarque.

Puis le cortège s'arrêta devant l'église. Des centaines de badauds s'étaient réunis pour voir le roi, et les gardes eurent quelques difficultés à dégager le parvis pour permettre au souverain de passer.

Enguerrand me fit monter sur ses épaules, Clotilde se dressa sur la pointe des pieds et nous regardâmes avidement la rue encombrée.

François 1er apparut enfin, dépassant les autres cavaliers d'une tête. Il était vêtu d'un pourpoint rouge brodé de fils d'or qui brillaient sous le soleil. Sa mine était radieuse, sa stature imposante. Des cris, des hourras accueillaient la cour et le monarque, qui salua la foule en ôtant sa toque de velours cramoisi*. Devant le portail sculpté de Saint-Jean, il mit pied à terre et passa les portes monumentales. Le roi écouta la messe, puis repartit, entouré des notables. Il devait rejoindre la salle de réception, pour honorer le festin offert par les habitants de Lyon.

Le roi resta plusieurs semaines dans la ville. Il devait achever de regrouper ses armées, les passer en revue, les équiper et assurer le ravitaillement en vivres. Cet afflux* de soldats apporta beaucoup de travail à l'atelier de mon père. Avec Jean, ils fabriquaient des armures du matin au soir pour les troupes royales. Je les aidais toujours et en profitais pour observer de plus près leurs gestes, apprécier leur savoir-faire.

Un matin, Jean revint de quelques commissions effectuées en ville avec un air étrange. Il nous demanda, en saisissant ses outils, pourquoi l'Italie fascinait tant nos rois.

« C'est une question bien compliquée, répondit mon père. François 1er est un homme raffiné, il aime les belles choses et apprécie les arts. L'Italie est en pleine ébullition* en ce moment. De nouvelles idées et un goût pour les décors antiques s'y développent. Beaucoup d'artistes, venus des quatre coins de l'Europe, se rendent à Rome, Florence, Milan, qui regorgent de monuments, statues et tableaux de grands maîtres.

– Voilà qui est fort intéressant, commenta Jean. Donc ce serait cette activité intellectuelle qui attire nos rois depuis plus de vingt ans ?

– Oui, admit mon père, mais aussi la beauté des palais et la richesse des terres. Ils veulent posséder tout cela, d'autant plus que la grand-mère de notre François était originaire de Milan.

– Croyez-vous qu'il parviendra à

conquérir ce duché ? nous demanda Jean.

– Hum, il est jeune, énergique et robuste, cela peut jouer en sa faveur, dit mon père, mais il peut aussi être défavorisé par son manque d'expérience. Nous verrons bien.

– Je ne vois pas, lançai-je à mon tour, qui pourrait être plus fort que notre roi et son armée, avec toutes les solides armures que nous leur avons faites ! »

Les jours qui suivirent cette discussion, mon frère parut de plus en plus étrange. Il disparaissait après le dîner, allait rôder en ville et revenait pour nous parler des armures qu'il voyait aux alentours du campement des armées. Mais j'étais déjà convaincu que d'autres choses avaient attiré son attention.

Chapitre trois

Les allées et venues de mon frère m'intriguaient, mais pas autant que mon futur métier. J'attendais que mon père en parle, mais il ne semblait pas très pressé. Pendant cette période, j'étais sur mes gardes, observant les moindres changements d'attitude, tendant l'oreille aux chuchotements.

Heureusement, tout cela prit fin autour de la grande table de chêne. Nous partagions le dîner et Jean prit la parole : « Depuis quelque temps, commença-t-il, en ma qualité d'aîné, je me préoccupe de l'avenir de Francis et de notre beau métier. J'ai pu observer les armées du roi, les armes qui sont utilisées. Ainsi, je me suis rendu compte que l'artillerie – canons, arquebuses, pistolets – joue un rôle de plus en plus important et rend les armures quasiment inutiles. Le métal est traversé par les projectiles. À ce rythme-là, dans dix ans, les soldats ne porteront plus nos armures, car elles gênent leurs mouvements sans les protéger. Il y a donc un danger pour notre profession. C'est pourquoi j'approuve nos parents de vouloir trouver une autre voie pour Francis, comme ils l'ont fait pour Enguerrand.

– Mais alors, quel métier vais-je apprendre ? » demandai-je.

Tout le monde autour de la table parut embarrassé. Jean continua :

« Il s'agit bien d'apprendre, tu as trouvé le bon mot. Et pour apprendre, n'y a-t-il de meilleur moyen que de voyager ? Notre père n'a-t-il pas fait le tour de France pour connaître le savoir-faire de ses aînés ?

– Où veux-tu en venir, Jean ? s'inquiéta ma mère.

– Je vous explique. Dans nos métiers du métal, il faut savoir plaire à nos clients : les monarques et la cour qui donnent le ton au reste de la noblesse. Il importe de connaître leurs goûts ; or, en ce moment, ils n'ont d'yeux que pour Milan, Bologne, Rome…

– Si je te suis, coupa Clotilde, tu voudrais aller voir ce qui se fait là-bas.

– Oui, et avec Francis, car il s'agit de son avenir. »

Devant la mine ébahie des uns et affolée des autres, Jean continua à justifier l'utilité d'un tel voyage, mais des objections* s'élevaient de toute la tablée. Ma mère insistait sur le fait que j'étais trop jeune pour un si long chemin. Enguerrand rappela que nous étions en période de guerre ; il était donc imprudent d'aller sur le territoire ennemi. Seule Clotilde, une fois remise de son étonnement, trouva cette idée positive. Elle affirmait que je pourrais devenir l'artisan le plus renommé du royau-me après avoir découvert les richess-es de l'Italie. Chacun avait son mot à dire et il ne fut bientôt plus possible de s'enten-dre.

« Un peu de calme, tonna mon père. Jean, je reconnais que ton idée est fondée, mais elle n'est pas sans risques. Il faut que nous reparlions de ceci posément. Puis, continua-t-il en se tournant vers moi, il faudra que tu nous donnes ton avis ; tu es le premier concerné. »

Après cette soirée agitée, il y eut de nombreux conciliabules* dans la maison. À force de réfléchir, la tête me tournait. Je ne savais pas quoi penser d'un tel projet. Jean souhaitait que j'apprenne auprès

d'artisans italiens, sans me spécialiser dans la fabrication d'armures, puisque cette voie était sans avenir. Il prévoyait de partir à la suite de l'armée royale, parmi un petit groupe de soldats et de vivandiers* avec lesquels il avait fait connaissance ces derniers jours. Il assurait que nous serions en sécurité ainsi entourés. Pourtant, le reste de la famille ne voyait pas cela du même œil. Ils s'inquiétaient pour moi, et c'était

bien normal.

Finalement, devant tant de désordre, mon père annonça qu'il se prononcerait sur cette affaire et que personne ne pourrait revenir sur sa décision. Les plaintes de ma mère, la mine sombre d'Enguerrand l'agaçaient autant que les visions chevaleresques de Clotilde et les interminables discours de Jean.

Avant de trancher, il me demanda ce que je pensais de ce voyage. Je ne pus alors lui cacher que j'étais séduit. Quel garçon n'a pas rêvé de partir à l'aventure à la suite de son vaillant souverain ? De plus, la possibilité d'avoir un bon métier me réjouissait. Et en ce qui concernait les dangers de la route, je n'avais pas peur, car Jean semblait avoir tout prévu.

Le soir même, à nouveau réunis dans la salle commune, nous attendions que notre père rendît son jugement. Nous étions tendus et impatients. Mon père se leva au début du repas, contrairement à son habitude, afin certainement d'épargner nos nerfs : « J'ai bien mesuré tous les périls, évalué tous les avantages, dit-il. Francis est volontaire et solide, il partira avec son frère Jean, lequel s'engage à veiller sur lui et à prendre les décisions les plus raisonnables au cours de ce voyage ». Tout le reste fut fixé calmement : la date du départ, la durée approximative du séjour, le matériel nécessaire… Devant tant de sérieux, personne n'osa manifester ses sentiments, joie ou crainte. Moi-même à cet instant balançais entre les deux. Quitter la maison familiale pour plusieurs mois me serait difficile, mais ce voyage était devenu une nécessité. Il permettrait la continuité de notre dynastie* d'artisans du métal.

Nous fûmes obligés d'accélérer nos préparatifs car l'armée s'apprêtait à partir. Jean rendait visite tous les jours à ses amis

soldats et leur demandait conseil. La plupart d'entre eux connaissaient bien la route car ils avaient participé à l'expédition de Louis XII, vers Milan et Naples, en 1499. Quand le roi leva le camp, Jean et moi, baluchon sur l'épaule, intégrâmes l'arrière

du cortège qui se dirigeait vers les Alpes. Les au revoir à ma famille avaient été difficiles mais pas trop longs. Bien que la marche ne me fatiguât pas, mon frère avait tenu à me ménager. Il avait demandé au vivandier Germain de me faire une place dans son chariot. Cet agréable personnage nous permit également de manger convena-blement pendant tout le trajet. Nous voyagions aussi en compagnie de soldats aux accents variés. Raymond venait du Pays basque, Pierre et Martin du nord. Tous avaient rejoint l'armée à Lyon et étaient impatients d'atteindre l'Italie. Pierre ne parlait que du soleil, du vin, des *belle done*[1] et de ses exploits militaires d'alors.

Mais Jean était surtout intéressé par ses connaissances de la géographie et du parler milanais. Il lui demanda de nous en apprendre quelques notions. Ainsi, tous les jours, assis dans la carriole, je répétais les mots que Pierre jugeait utiles pour notre séjour. Cela débuta par les formules de politesse : *per favore* et *grazie signore*[2]. Puis il nous exerça à l'emploi de phrases indispensables, comme : *Siamo fratelli francesi, il mio nome è Francis*[3], *Desideriamo*

1. « Jolies dames. »
2. « S'il vous plaît » et « Merci, monsieur. »
3. « Nous sommes des frères français, mon nom est Francis. »
4. « Nous désirerions manger et boire. »

mangiare e bevere[4], *Puoi dirmi come lei lavora ?*[5], *È possibile dormire qui ?*[6] Quand nous eûmes ingurgité cela, il nous entraîna à prononcer le nom de tout ce qui se trouvait sur notre chemin : *alberi*, *montagna*, *uomo*, *soldati*, *cavallo*, *fiore*[7]. Tout le paysage y passa, et comme j'apprenais vite, notre professeur fut bientôt à court d'idées.

Germain se désintéressait de ces leçons, prétendant que, en ce qui concernait la gastronomie, tout le monde parlait la même langue.

« Pas besoin de tous vos beaux discours, nous dit-il un matin, pour savoir si quelqu'un a faim : ça se voit sur son visage et son estomac parle pour lui.

– Eh bien justement, rétorqua Pierre, aujourd'hui nous allons apprendre tout ce qui concerne les plaisirs de la table,

5. « Pouvez-vous me dire comment vous travaillez ici ? »
6. « Serait-il possible de dormir ici ? »
7. « Arbres », « montagne », « homme », « soldats », « cheval », « fleur ».

les fruits, les légumes, les plats, puis le nom des vins italiens. Je doute, ironisa-t-il en s'adressant à Germain, que tu sois capable de déchiffrer une recette de cuisine avec ton seul estomac ! Un peu de vocabulaire est toujours utile. »

Chapitre quatre

Ces distractions nous menèrent en quelques jours au pied des Alpes, dont le franchissement posait plus d'un problème. En effet, notre roi fut confronté à un délicat dilemme*. Le passage des montagnes avec toute l'armée et son équipement pouvait s'effectuer par deux chemins. Le premier était le plus praticable, le plus couramment utilisé mais aboutissait à une vallée où les armées ennemies ne manqueraient pas de nous attendre. Le Maréchal Trivulce proposa donc un second itinéraire, beaucoup plus périlleux, par le col de l'Argentière. Les troupes milanaises et leurs alliés, les Suisses, n'imaginaient certainement pas nous voir arriver par là ! Mais les chevaux et surtout les canons réussiraient-ils à passer par ces chemins étroits et escarpés ? François 1er décida de tenter l'aventure.

Les pionniers partirent devant pour élargir et aplanir les routes, construire des passerelles au-dessus des torrents. Les soldats durent démonter les pièces d'artillerie et les faire passer une à une par ces défilés rocheux. Toujours en fin de cortège, mon frère, moi et nos compagnons de route avancions tant bien que mal, tirant et poussant le chariot de Germain dans les côtes. Les cailloux et la végétation meurtrissaient nos pieds et nos mollets, mais Pierre affirmait que les trésors de Milan devaient se mériter… Et nous n'étions pas au bout de nos peines.

À chaque étape, nous dressions les tentes entre les buissons, faisions du feu, car en altitude, même au début du mois d'août, les soirées sont fraîches. Puis nous nous reposions. Le seul qui ne chômait pas était le maréchal-ferrant de la troupe. Il devait remplacer les fers abîmés des montures avant le départ du lendemain matin. Étant donné l'état chaotique du terrain, il avait chaque jour davantage de travail et y consacrait une bonne partie de la nuit.

Un soir où nous étions moins fatigués, Jean voulut voir comment travaillait cet homme. Nous lui rendîmes donc visite. Comme tous les artisans du métal, il utilisait une enclume, des marteaux et des tenailles pour mettre en forme ses fers. Mais il alliait à sa maîtrise technique une grande connaissance des chevaux. C'est à lui que l'on faisait généralement appel pour les soigner.

Devant l'ampleur de la tâche qui l'attendait chaque jour, nous nous portâmes volontaires pour l'aider. J'entretenais le feu et Jean formait les fers que le maréchal ajustait ensuite aux sabots. Pendant qu'il les appliquait en tenant fermement la jambe de l'animal, je lui passais les clous carrés. L'ouvrage était ainsi effectué deux fois plus vite, ce qui nous laissait le temps de discuter avec ce sympathique moustachu.

Peu à peu, le maréchal-ferrant Auguste se joignit à notre groupe. En

cheminant, il nous racontait ses différentes campagnes avec les armées royales, les pays parcourus, les artisans rencontrés. Autour du feu de camp où Germain avait placé ses marmites, nous écoutions, plaisantions et chantions en compagnie de nos cinq nouveaux amis. Ces réunions à la tombée du jour me rappelaient tous les bons moments que nous avions passés en famille autour de la grande table. Mais il ne fallait pas que je me laisse aller à la nostalgie, car le voyage allait encore durer plusieurs semaines, peut-être plus d'un mois.

Lorsque Auguste me voyait perdu dans mes pensées, il s'approchait de moi et me disait que tous ses voyages lui avaient permis de revenir avec plus de plaisir dans son pays. « Il faut bien aller chercher de nouvelles expériences pour les raconter à ceux qui restent, me disait-il en souriant. Je suis sûr que tu ne pourras bientôt plus te passer de partir à la découverte de nouvelles régions. » D'autres fois, il me promettait de me présenter aux meilleurs forgerons du milanais, aux plus passionnants artisans avec lesquels il s'était lié d'amitié en 1499. Je croyais qu'il disait cela pour me distraire, mais il tint parole.

Pendant que les armées de François 1er mettaient en pièces les troupes du pape au débouché* des Alpes, les Milanais et les Suisses se réfugièrent dans leur cité. Le roi établit ensuite des campements dans différentes villes près de Milan et entama des négociations avec l'ennemi.

Cette paix provisoire permit à Auguste de nous accompagner dans un village qu'il connaissait bien. Santa Cecilia n'était qu'un gros bourg, mais sa situation, à proximité de trois grandes villes (Milan, Lodi et Pavie), en avait fait le lieu de réunion des meilleurs artisans de la région. Ceux-ci pouvaient travailler indistinctement pour les notables des trois villes, tout en gardant une certaine indépendance.

Nous n'y parvînmes qu'au bout d'une journée et demie de marche. Dans la rue principale, Auguste frappa à la porte d'une échoppe, en nous indiquant qu'il avait séjourné là pendant que Louis XII

envahissait la région. Un homme en tablier de cuir nous accueillit sur le seuil de son atelier. En voyant le maréchal, il s'écria : « *Mamma mia, è Augusto ! Caro Augusto ! Entrate amici !*[8] » Il nous entraîna à l'intérieur et nous servit à boire sur une petite table devant sa forge.

Pour la première fois, je pus tester l'utilité des leçons de Pierre. Évidemment, je ne comprenais pas tout, mais Auguste nous traduisait l'essentiel. En fait, il avait demandé au forgeron, nommé Pietro, de nous héberger – mon frère et moi –, de nous apprendre son métier et, surtout, sa spécialité : les portails en fer forgé. Cependant, Pietro ne pouvait pas s'occuper de deux pensionnaires. Il voulait bien employer Jean mais me considérait comme trop jeune pour ce rude métier. Il conseilla à Auguste de me présenter à Giovanni.

8. « Bonne mère, c'est Auguste ! Cher Auguste ! Entrez mes amis ! »

Nous frappâmes donc deux maisons plus loin. Là, un jeune homme mince nous ouvrit. Il nous réserva le même accueil chaleureux et nous installa dans une pièce emplie de livres, de parchemins et d'instruments que je ne connaissais pas. Auguste m'expliqua que son ami était graveur, passionné par la littérature et fort instruit puisqu'il parlait latin, espagnol, et possédait quelques notions de français.

Giovanni accepta de m'offrir le gîte et le couvert en échange de mon aide.

Il déclara avec enthousiasme qu'il était heureux d'avoir, à partir de ce jour, un secrétaire particulier et assura à mon frère qu'il veillerait sur moi comme sur son propre fils. Soulagé, Jean retourna chez Pietro en promettant de me rendre visite tous les soirs, et Auguste rejoignit le campement royal. Ainsi débutèrent les premières heures de ma vie milanaise.

Chapitre cinq

Nous passâmes près d'un mois dans le village de Santa Cecilia. La compagnie de Giovanni me fut agréable. Ce jeune homme avait un air enjoué, il était curieux de tout et fort cultivé. Le matin, après une petite collation, nous partions en promenade à travers la campagne environnante, car il affirmait que « la meilleure façon d'apprendre est d'observer la nature ». Nous cheminions en discutant. Giovanni me faisait remarquer la présence d'un oiseau, m'expliquait la croissance des plantes ou attirait mon attention sur la beauté d'une couleur. Lorsqu'un paysage lui plaisait, il s'arrêtait pour le dessiner. Les arbres tordus et les clochers d'église étaient ses motifs préférés.

Nous ne rentrions de ces excursions que vers midi. Puis, après un moment de repos, nous nous mettions au travail dans la bibliothèque. Les murs épais nous protégeaient de la chaleur et des bruits de la rue. Dans cette ambiance feutrée, Giovanni gravait ses dessins sur des plaques de métal ou de bois. Il s'agissait d'un travail minutieux qui demandait la plus grande concentration. Pendant ce temps, j'étais chargé de parfaire mon instruction. Je recopiais des textes, traçais des cartes et m'essayais au dessin.

En fin de journée, Giovanni m'entraînait à la lecture et m'expliquait le sens caché des mythes grecs et de la fondation de Rome… Nous en dissertions* encore pendant le repas, car j'étais aussi curieux que lui. En général, nous étions interrompus par la visite de mon frère. Jean me racontait ses exploits du jour. En une semaine, il avait sympathisé avec tous les artisans de Santa Cecilia, participé à quelques concours de force et d'habileté. Au début, ses condisciples* l'appelaient Jean de Lyon, mais ses talents et ses grands éclats de rire lui avaient valu le surnom de Jean Leone.

Outre ces divertissements, mon frère travaillait avec Pietro au portail d'une villa.

« Pietro n'a pas son pareil, me disait-il, pour étirer le métal et en faire des boucles, des enroulements et même des fleurs. Ce n'est plus du fer, c'est de la dentelle ! »

Une autre fois, il me parla des décors d'une façade et des ornements d'une chapelle que Pietro lui avait montrés dans un village voisin :

« Ces arabesques sont formidables, elles n'en finissent plus de s'enrouler, elles se mêlent à des tiges et des feuilles, et aboutissent à des masques.

– Cela me rappelle, lui indiquai-je, un dessin de Giovanni. Quand je l'ai vu, je ne savais pas ce que représentait ce mélange de motifs, mais il se peut que ce soit un décor. Je lui demanderai de me le prêter et je t'en ferai une copie, si ça te plaît.

– Oui, tes progrès en dessin vont m'être d'une grande utilité. Ces ornements m'ont donné une idée… As-tu remarqué, lors de l'arrivée de l'armée en Italie, comme le roi aimait parader revêtu de ses plus belles armures ? Dans chaque ville, il fait défiler ses troupes. À chaque fois, les commandants portent, non pas leur armure de combat, mais des pièces plus luxueuses, brillantes et décorées.

– Je me souviens aussi que les chefs ennemis portaient des cuirasses décorées de têtes de lion ou de guirlandes de fruits.

– Ne crois-tu pas, me suggéra-t-il d'un air malicieux, que nos arabesques feraient de magnifiques décors pour de telles armures ?

– Mais bien sûr ! m'écriai-je en comprenant l'enjeu d'une telle découverte, puisque l'artillerie oblige à fabriquer des cuirasses mobiles et épaisses, décorons plutôt les pièces de parade que le roi et ses généraux affectionnent tant. Ainsi, les armures changent mais ne disparaissent pas.

– Et les armuriers que nous sommes deviennent des ornemanistes*, des poètes du métal... »

À la suite de ces découvertes, mon frère et moi nous préoccupâmes surtout de copier ces motifs et de les adapter aux formes des armures. Jean était convaincu que cela sauverait son métier. Je privilégiais donc la pratique du dessin et l'observation des monuments ou de la végétation. Une foule d'idées se pressaient dans nos cervelles quand nous nous retrouvions le soir.

Je ne savais plus où donner de la tête, tout me passionnait, et la moindre histoire, le plus petit élément me suggéraient des décors entiers. Ainsi, je dessinais, avec l'aide de Giovanni, les figures des héros grecs, des fleuves, des muses, des empereurs romains entourés d'armes, de poissons ou d'instruments de musique. Les différentes disciplines pratiquées chez Giovanni avaient aiguisé ma curiosité, et je m'en servais pour mener à bien le projet décoratif de mon frère. J'avais envie de tout connaître.

Cependant, nous ne pouvions pas rester indéfiniment à Santa Cecilia. Nous décidâmes donc de prendre le chemin du retour le 13 septembre de cette même année 1515 et de retrouver nos cinq compagnons, Germain, Pierre, Raymond, Martin et Auguste. Nous comptions sur eux pour nous indiquer comment rentrer à Lyon sans risque. Les armées du roi campaient toujours dans la région en attendant que les négociations* aboutissent. Un accord avait déjà été signé avec les Milanais. Leurs troupes devaient abandonner Milan en échange d'une grosse rançon.

Bien que peu conformes aux idées chevaleresques de ma sœur, ces préparatifs de paix semblaient favorables à notre voyage. Clotilde m'avait souvent raconté des histoires de chevaliers partant au combat, bardés de fer et l'épée au poing. Mais au cours de ce séjour, je me rendis compte que la réalité était bien plus complexe. Tout

d'abord, les armées nécessitaient du matériel, de la nourriture, ce qui conduisait souvent au pillage des campagnes environnantes. Ensuite, les rois devaient se ménager des alliés. Les Milanais avaient les Suisses, et le roi de France l'appui des Vénitiens. Ainsi, avant de voir les guerriers monter sur leurs chevaux blancs, il fallait que la diplomatie ait usé toutes ses ressources.

Nous quittâmes donc nos hôtes et amis avec regret, mais rassurés : la route ne serait pas longue. Giovanni et Pietro avaient rempli nos balluchons de charcuterie, de tartes et d'une gourde de vin. J'étais également lesté de quelques livres que le graveur avait tenu à m'offrir en me faisant promettre de continuer à m'instruire. Pietro, de son côté, avait fabriqué un petit modèle de portail de trois pouces de haut, sur lequel figuraient tous les types de décors qu'il avait appris à Jean.

À la sortie du village, nous prîmes la direction de l'ouest et marchâmes d'un bon pas pour atteindre, avant la nuit, l'auberge que Pietro nous avait indiquée. Elle avait fort bonne réputation et le forgeron nous avait vanté ses qualités gastronomiques. Pourtant, nous n'eûmes pas la possibilité de nous y arrêter. Les événements de cette après-midi devaient modifier nos plans.

Chapitre six

Nous avions à peine parcouru une demi-lieue quand des cris nous parvinrent au travers des arbres. La route était assez sinueuse et nous ne voyions pas d'où ils provenaient exactement. Jean m'agrippa par l'épaule pour me faire marcher sur le bord de la route. Puis nous nous glissâmes entre les bosquets pour ne pas être vus. Nous entendions distinctement le tintement des armes et des injures en français. En jetant un œil entre les arbres, nous comprîmes que l'un de nos compatriotes avait été attaqué par surprise. Il était tombé de son cheval et ferraillait contre une demi-douzaine de soldats italiens. Il se défendait bien mais était submergé par le nombre.

« Nous ne pouvons pas laisser mourir un chevalier français sans bouger le petit doigt, me chuchota mon frère. Toi,

reste caché là. » Il tira un long couteau de son balluchon et se lança dans la mêlée. L'effet de surprise lui fut favorable. Il réussit à blesser deux hommes. Un troisième lui opposa plus de résistance. De mon refuge, je compris qu'il essayait de les blesser aux bras ou aux jambes afin qu'ils ne puissent plus se servir de leur arme ni tenir debout.

J'étais stupéfait de l'habileté de mon aîné. Sans doute Raymond ou Martin lui avaient-ils donné des leçons pendant notre voyage. En quelques minutes, le groupe d'assaillants fut réduit de moitié. Toutefois, le chevalier montrait des signes de fatigue, et Jean avait une légère blessure à la jambe. N'étant ni armé ni très fort, je ne pouvais les aider. Pourtant, je sentais qu'ils ne tiendraient pas longtemps face à ces adversaires entraînés.

Je n'eus qu'une seconde d'hésitation et partis en courant en direction de Santa Cecilia. J'allais le plus vite possible et entrai en trombe dans le village. Je tambourinai à la porte de Pietro, hurlant que Jean avait été attaqué sur la route et avait besoin de renfort. Mes cris alarmèrent non seulement le forgeron, mais aussi tous les artisans du quartier, qui sortirent de leur boutique avec leurs outils à la main. Pietro ordonna à ses camarades de le suivre, et je leur montrai le chemin.

Je n'avais pourtant pas prévu que ces hommes iraient moins vite que moi. Leur musculature massive les empêchait de courir et ils n'avaient pas assez de souffle. Je trépignais, bouillais d'impatience. Puis, les laissant derrière, je décidai de rejoindre rapidement le lieu de la bataille. Je ne ralentis qu'arrivé sous les arbres, grimpai sur une branche et hurlai le plus fort que je pus, et en italien : « Les renforts arrivent, ils sont au tournant du chemin, c'est un groupe de quinze forgerons et paysans armés de marteaux, fourches et faux. S'ils vous trouvent ici, ils vous découperont en rondelles ! »

Les assaillants ne purent s'empêcher de se retourner pour vérifier si je disais vrai. Puis, ne voyant rien, ils revinrent au combat. Mais pendant ce temps, le chevalier et Jean avaient repris espoir et se défendaient avec plus d'acharnement. Les artisans arrivèrent enfin et mirent en fuite les soldats italiens, impressionnés par leurs outils, leur carrure et leur expression peu amicale. Je pus descendre de l'arbre et faire à nouveau le chemin vers Santa Cecilia où les combattants soigneraient leurs blessures.

Le jeune homme que Jean avait secouru se présenta comme le chevalier de Vauremont. Il faisait partie des fidèles de François 1er. Il était blessé en plusieurs endroits et si fatigué que Pietro le soutint jusqu'au village. Jean, qui était apparu au milieu de la bagarre, n'était pas trop éprouvé. Il me félicita pour ma rapidité et ma présence d'esprit. Avant mon intervention, les deux hommes s'étaient cru perdus. Jean se demandait déjà ce que je deviendrais tout seul sur cette route.

Pendant que nous nous remettions de nos émotions, le chevalier semblait préoccupé par d'autres soucis. Il ne parlait qu'un italien rudimentaire, mais cherchait absolument à savoir si nous étions loin de Lodi.

« C'est à peine à deux lieues, lui répondit Giovanni, accouru dès notre arrivée, mais si vous voulez vous rendre là-bas, il va falloir attendre un peu. Vos blessures, sans être graves, vous empêcheront de bouger pendant quelques jours. »

Le chevalier parut épouvanté par cette affirmation :

« Il est absolument impossible que je sois retardé d'une seule seconde. J'ai un message urgent à délivrer.

– Cela concerne certainement le déplacement des troupes de François 1er, supposa Giovanni.

– Ce genre de mission ne peut être révélée qu'à mes compatriotes, se contenta de dire le chevalier.

– Si nous pouvons vous aider de quelque manière que ce soit, intervint Jean, vous devriez tous nous informer. Les artisans qui nous ont secourus sont tous de bons amis ; ils ne sont en rien mêlés à la guerre entre Français et Milanais. De toute façon, la plupart ne parle pas un mot de notre langue.

– Bien, je vous fais confiance, admit Vauremont. Vous n'êtes sans doute pas au courant des derniers événements. Malgré l'accord signé, les troupes suisses et milanaises se sont mises en route ce matin. Elles avaient l'intention de surprendre les armées de François 1er. Heureusement, la poussière soulevée par ce déplacement nous a avertis du danger. Le roi a organisé ses bataillons et, à l'heure qu'il est, il doit déjà combattre. »

Il fit une pause, but une gorgée de vin et continua son récit :

« L'issue de ce combat est très

incertaine. Nos effectifs sont moins importants et nous connaissons mal le terrain. Nos seuls points forts sont l'artillerie et la vaillance de nos chevaliers. François ignore s'il viendra à bout de ses ennemis. Il m'a donc chargé de courir avertir les Vénitiens qui stationnent à Lodi afin qu'ils nous viennent en aide au plus vite. La route étant longue de près d'une journée, j'ai peur qu'il ne soit déjà trop tard.

– Il est de notre devoir de vous aider, annonça Jean. Si vous le voulez, j'irai avec mon frère prévenir vos Vénitiens. Nous courons vite et parlons assez bien l'italien. »

Le chevalier accepta cette proposition avec un réel soulagement. Il remit à Jean sa propre épée et son poignard.

« Mon blason est gravé sur ces deux armes. Avec elles, vous pourrez entrer dans le camp vénitien sans difficulté. J'espère que vous n'aurez pas à vous défendre d'autres attaques. »

Puis il se tourna vers moi et me remit un parchemin cacheté.

« Ceci est le message écrit du roi au général vénitien, précisa-t-il. Prends-en soin et remets-le en main propre au général Albertini. Enjoins-le de partir rapidement avec ses troupes. Puis, si vous connaissez la route, guidez-les jusqu'aux alentours d'un village qui s'appelle Melegnano[9]. C'est là que doit avoir lieu la bataille. Bonne chance, et surtout faites vite, la victoire dépend de vous. »

Le chevalier retomba sur la couche de fortune que Pietro lui avait installée au fond de son atelier. Il était épuisé par ces efforts. Jean et moi partîmes aussitôt avec notre précieux message.

9. Marignan.

Chapitre sept

Le trajet ne fut pas long et nous le parcourûmes en silence. Aucune embuscade ne nous retarda, cette fois-ci. Nous arrivâmes donc sans problème à Lodi. Bien entendu, à l'entrée du camp vénitien, un garde nous arrêta et nous dûmes nous présenter :

« Nous sommes envoyés par le sieur de Vauremont, commença mon frère, en mission pour le roi de France. »

Il montra les armes du chevalier, mais le garde ne parut pas convaincu.

« Nous devons remettre un message au général Albertini, de toute urgence » insistai-je.

Il allait me rire au nez, lorsque je sortis de dessous ma veste le parchemin cacheté et lui en montrai le sceau. Il n'eut pas de mal à reconnaître les emblèmes de François 1er : la salamandre entourée de flammes et surmontée d'une couronne. Il se résigna alors à nous conduire auprès de son supérieur.

Nous traversâmes le camp et fûmes introduits dans la tente du général. Jean lui relata les mésaventures de Vauremont, et je lui remis la missive en m'inclinant. Après lecture, il commenta :

« La bataille a déjà commencé, nous ne devons pas perdre une minute. Connaissez-vous le chemin ?

– Nous l'avons parcouru il y a un mois, répondit Jean, je pense que nous saurons vous guider.

– Parfait, alors en route ! »

Il donna ses ordres et en peu de temps toute la troupe fut prête à partir. L'un des capitaines m'installa sur la croupe de son alezan et son aide de camp fit de même pour Jean. C'était la première fois que je montais à cheval. Le trot de l'animal me faisait rebondir comme un petit ballot. Tout se compliqua quand nous passâmes au galop. Je dus me cramponner à l'uniforme du cavalier pour ne pas voltiger.

La chevauchée dura tout le reste de la journée. Je m'étais peu à peu habitué au rythme du cheval, mais mes muscles me faisaient mal. Jean n'était pas en meilleur état. Dans la soirée, le général ordonna une courte pause, pour permettre aux montures de souffler. Après quelques heures de sommeil, nous reprîmes la route. La nuit était des plus obscures. Nous traversions des villages endormis et des forêts silencieuses.

Ce n'est qu'en début de matinée que les bruits de la bataille nous parvinrent. Le tonnerre des canons résonnait dans toute la plaine. Parvenus au sommet de la dernière colline, nous pûmes constater que le combat

n'était pas terminé : nous étions arrivés à temps pour venir en aide à François 1er, qui se battait depuis près de vingt-quatre heures ! Jean et moi fûmes déposés à terre, et l'armée d'Albertini s'élança au galop. Le paysage que nous avions sous les yeux était pour le moins déconcertant. Le sol était couvert de soldats et chevaux morts ou blessés dont les cris se mêlaient au grondement de l'artillerie. Une épaisse fumée

empêchait de bien distinguer les mouvements des troupes. Nous vîmes les Vénitiens forcer un passage au travers des troupes suisses, les repoussant peu à peu. Les Français redoublèrent alors d'ardeur. Les ennemis se replièrent puis prirent la fuite. L'arrivée des renforts avait permis à François 1er de remporter sa première grande victoire.

Les armées regagnèrent leurs campements pendant que Jean et moi cherchions nos cinq amis. Ils avaient résisté à cette journée sanglante et participé à tous les assauts. De leur côté, les chevaliers avaient lancé plus de trente charges contre l'ennemi. Tous avaient dormi dans leur armure et repris les armes dès le chant du coq. Le soulagement mais surtout la fatigue marquaient tous les visages que nous croisions. Je doute que notre mine fût plus avenante, après avoir passé la nuit à galoper. Tout le camp, à l'exemple du roi, dormit cet après-midi-là.

Vers le soir seulement nous pûmes entendre les récits de la bataille et raconter nos mésaventures. Alors que nous trinquions à la santé du roi, le chevalier de Vauremont se présenta à nous. Il était encore très pâle, mais avait repris la route malgré les recommandations de Pietro.

« Je vous cherchais, nous dit-il, j'aimerais m'entretenir avec vous. Voudriez-vous m'accompagner jusqu'à ma tente ? »

Nous le suivîmes, un peu étonnés, mais contents de voir qu'il s'était remis de ses blessures.

« Je voulais vous remercier, commença-t-il, pour l'aide précieuse que vous m'avez apportée et qui a permis notre victoire. J'ai rendu compte au roi du déroulement de ma mission et de votre soutien enthousiaste. Bien qu'éprouvé, notre souverain est ravi de l'issue de ce combat et m'a félicité pour la rapidité avec laquelle j'avais acheminé le message. Il a particulièrement apprécié votre courage, Jean, puisque vous n'avez pas hésité à me porter secours face à six adversaires. Il a aussi remarqué ta vivacité et ton ingéniosité, ajouta-t-il en se tournant vers moi. Mais racontez-moi un peu d'où vous venez. »

À deux voix, nous lui fîmes un résumé de nos aventures depuis mon anniversaire, ainsi que de nos incertitudes et découvertes.

« Finalement, avez-vous trouvé un métier convenable pour Francis ? » nous demanda-t-il.

Jean ne sut pas quoi répondre. Dans un sens, les idées que nous avions eues à Santa Cecilia pouvaient apporter du travail à l'atelier familial ; mais pour le moment, j'étais bien incapable de fabriquer quoi que ce soit en métal.

« J’ai cru comprendre que Francis était assez intelligent et instruit, et avait par ailleurs une bonne mémoire et une grande curiosité. Je souhaiterais donc vous faire une proposition. »

Il marqua une pause et sembla admirer nos mines étonnées.

« Il se trouve, reprit-il, que j’ai besoin d’un page. Il m’a semblé que Francis présentait toutes les capacités pour cette fonction. Il serait ainsi attaché à mon service, continuerait à s’instruire et à m’accompagner lors de mes missions pour le roi.

– Ce serait un honneur et un rang que notre modeste famille ne mérite pas, répondit Jean.

– Je vous laisse le temps d’y réfléchir, mais je continue à penser que c’est la meilleure voie pour un garçon avide de découvertes, robuste et donc apte à monter à cheval, capable de prendre des initiatives. Ce sont des hommes de cette qualité dont notre roi doit s'entourer. Qui sait si un jour ses mérites ne lui permettront pas de devenir chevalier ? »

C'est en effet ce qui arriva. Avec l'accord de ma famille, je me mis au service du sieur de Vauremont. Celui-ci me traita de la meilleure façon qui fut, me confiant des missions de plus en plus intéressantes. Nous allions en ambassade auprès de souverains étrangers, démêlions les intrigues politiques. Nous pouvons même nous vanter d'avoir déjoué quelques complots, rétabli l'entente entre les souverains et sauvé la paix. Mais cela ferait l'objet de beaucoup d'autres récits. Je ne vais pas abuser davantage de votre patience.

Mon frère, dites-vous, qu'a-t-il fait par la suite ? Eh bien, il est retourné à Lyon avec mes croquis sous le bras et tout un tas d'idées. Quelques années plus tard, il s'associa avec Enguerrand pour faire de

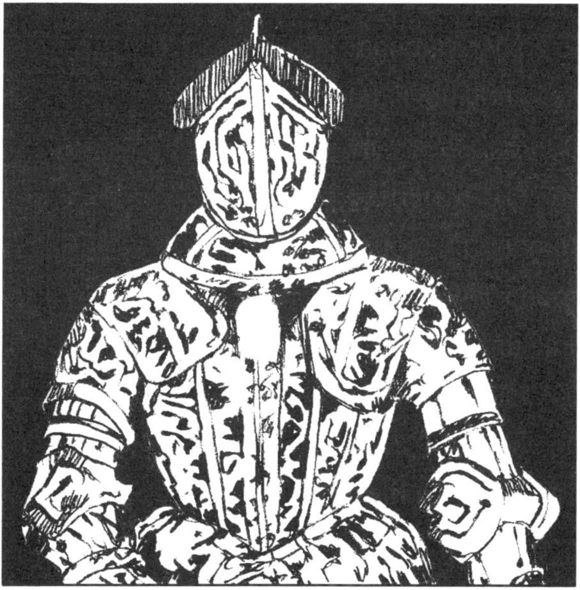

leurs armures de véritables bijoux. Autant vous dire que, quand je fus adoubé*, ce sont eux qui m'offrirent mon équipement. Nombre de princes furent émerveillés par ces arabesques dorées et en commandèrent à mes frères.

L'atelier Lurin fournit aujourd'hui une grande partie de la noblesse, qui apprécie ces belles ciselures et des motifs toujours plus originaux. Je dois dire qu'il m'est agréable, lors de mes pérégrinations aux quatre coins de l'Europe, de m'inspirer de l'art local pour inventer de nouveaux dessins. Ainsi, je participe, à ma façon, à la continuité de notre dynastie d'artistes du métal.

Lexique

Adouber : armer un jeune homme chevalier, au Moyen Âge.

Afflux : arrivée en grand nombre, massive.

Arborer : porter.

Bobèche : disque adapté aux chandeliers, permettant de récolter la cire.

Chatoiement : reflet brillant d'une étoffe ou d'une pierre.

Conciliabule : conversation chuchotée.

Condisciple : personne avec qui l'on a suivi les mêmes études.

Cramoisi : rouge foncé, presque violet.

Débouché : passage d'un lieu resserré à un lieu plus ouvert.

Dextérité : habileté.

Dilemme : obligation de choisir entre deux solutions qui comportent chacune des inconvénients.

Disserter : causer, parler.

Dynastie : famille qui se transmet, de génération en génération, une entreprise, une fortune, un domaine.

Ébullition : agitation.

Effervescence : grande agitation.

Fébrile : énervé, excité.

Fringant : vif et décidé.

Gastronomie : art de la bonne cuisine.

Immaculé : net, propre.

Intrusion : entrer sans avoir été invité.

Marqueté : lamelles de bois précieux assemblées pour donner un effet décoratif.

Narrer : raconter.

Négociation : fait de discuter en vue de trouver un accord.

Notable : personne qui occupe une position sociale importante.

Objection : protestation.

Ornemaniste : spécialiste du dessin ou des motifs décoratifs, en plâtre ou en stuc.

Perpétuer : faire durer.

Vertus : de grandes qualités (courage, justice…).

Victuailles : nourriture.

Vivandier : personne qui transporte la nourriture et la boisson.

Table

Achevé d'imprimer en France
en février 2005
chez Hérissey, Évreux
N° imprimeur : 98578
Dépot légal : mars 2005